Olivia Moogk

Geheimsymbolik des Feng Shui

© Verlag »Die Silberschnur« GmbH

ISBN 3-931 652-63-7

1. Auflage 1999
2. Auflage 2000

Covergestaltung: dtp XPresentation, Boppard
Druck: FINIDR, 🅴 s. r. o., Český Těšín

Verlag »Die Silberschnur« GmbH · Steinstraße 1
D-56593 Güllesheim

www.silberschnur.de
e-mail: info@silberschnur.de

Olivia Moogk

Geheimsymbolik des

Feng Shui

///////////// SILBERSCHNUR /////////////

Geheimsymbolik

für

Wappen

Briefpapiere

Visitenkarten

Häuserwände

Intarsienarbeiten

Lesezeichen

Ponchos

T-Shirts

Bucheinbände

Lesezeichen

Gravierungen

Inhaltsverzeichnis

Vorwort

Feng Shui ist eine über 5000 Jahre alte Wissenschaft vom Leben der Menschen in Harmonie mit der Erde, ihren Energielinien, den Kräften der Natur, den Jahreszeiten und den Rhythmen der Gestirne. Durch die Beratung bei der Wahl von Grundstücken, Gärten, Landschaften, Häusern und Wohnungseinrichtungen nach Kriterien des Feng Shui ist es möglich, Lebensräume zu Energiequellen für Menschen zu gestalten. So wird günstiges Feng Shui angezogen und ungünstige Lebensumstände werden sich in günstigere wandeln, so wie auf Mutlosigkeit Mut und auf Armut Reichtum folgt. Feng Shui befaßt sich darüber hinaus mit der faszinierenden Welt der Farben und Symbole. Um im häuslichen Bereich harmonische Familienbeziehungen, Gesundheit, Wohlstand und Ansehen zu fördern ist es wichtig, daß Farben, Anordnungen und Symbole bewußt eingesetzt werden. Auch für das Ansehen von Firmen spielen die Feng-Shui-Geheimsymbole eine bedeutende Rolle. So können beispielsweise mit den richtigen Geheimsymbolen für Logo, Briefpapier, Visitenkarten und Firmenschild mehr Kunden angezogen, die Gewinne verbessert und der Firma zu mehr Ansehen verholfen werden. Die Gestaltung betriebsinterner Räume und Geschäfte mit Feng-Shui-Geheimsymbolen als Bild, Türgriff oder Intarsie kann die Bereitschaft der Mitarbeiter

zu loyalem Verhalten ebenso fördern wie deren Gesundheit.
Das Betriebsklima wird sich nachhaltig verbessern und
die Kunden werden sich angenehm eingeladen fühlen.
Geheimsymbole, wie sie in diesem Büchlein vorgestellt
werden, haben zudem den Vorteil, daß sie rund um den
Erdball und gerade auch in der westlichen Kultur zur An-
wendung kommen können, da ihre innere Struktur, ihr
Wesen und ihre Botschaft universeller Natur sind. Seien
Sie keineswegs verblüfft, wenn Sie die Symbole im Mu-
ster Ihrer Tapeten, Stoffe, Intarsienarbeiten, Teppiche und
alten Schmiedearbeiten neu wiederentdecken!
Es ist mir hier eine besondere Freude, Ihnen die Feng
Shui Geheimsymbolik erklären zu dürfen, damit Sie sie
ganz bewußt für ihr Glück einsetzen können.

Einführung in die Feng-Shui-Geheimsymbolik

Symbole offenbaren ihre innere Struktur nicht der Ratio, sondern werden emotional und auf unterbewußter Ebene als Botschaft empfangen. Das Symbol selbst wird durch den Gedanken, mit dem es verbunden wird, die Anzahl, in der es auftritt, den Ort, wo es verwendet wird und die Farbe, aus der es besteht, zum „Leben" erweckt. Ein Symbol kann zusätzlich mit einer farblichen Information/Prägung und Absicht verbunden sein, wie beispielsweise mit der Farbe Ockergelb, die die Farbe des Kaisers, Herrschers, der Mächtigen, der Erde und die Farbe des Zentrums und der Mitte, somit auch die Farbe des Herrschens über die Erde ist. Symbole verbunden mit Rot, der Farbe des Glücks, der Sonne, des Feuers und Lebens geben diesem feurige, glückliche und lebensbejahende Eigenschaften mit. Das ist auch ein Grund, weshalb die buddhistischen und die Symbole des Tao, sowie die acht Kostbarkeiten mit roten Bändern umgeben sind. In diesem Buch haben wir darauf verzichtet, die Symbole farblich darzustellen, damit Sie diese besser kopieren und selbst nach Bedarf für sich färben und verwenden können. Gibt man Symbolen die blaue Farbe, so sind diese mit der Energie von Yin, dem weiblichen Prinzip, der Ruhe, Kraft und Innenschau aufgeladen; im Gegensatz zu Rot, der Energie des Yang, der männlichen, nach außen gerichteten Energie.

Rot und Blau, Feuer und Wasser sind zwei gegensätzliche, damit nicht harmonische Kräfte - Wasser kontrolliert und zügelt Feuer.

Im Feng Shui wird die dadurch entstehende Energie nicht favorisiert, wird aber Grün hinzu genommen, so verbessert sich die Energie und es entsteht ein aufbauender, harmonischer Kreislauf der Farben Blau - Grün - Rot.

Harmonische Farbkombinationen sind:
Rot   - Grün,
Grün - Blau,
Weiß - Blau,
Weiß - Gelb,
Gelb - Rot.

Eher ungünstig sind:
Grün - Gelb,
Gelb - Blau,
Blau - Rot,
Rot   - Weiß,
Weiß - Grün.

Achten Sie auf diese farblichen Grundsätze in der Anfertigung Ihrer Symbole, um harmonischen Grundsätzen zu folgen, die Ihre eigene Ausstrahlung, Magnetismus und Kraft des Unternehmens steigern können.

Die dem Abendländer nicht ohne weiteres verständliche Symbolik ist auf der Basis der in China üblichen Mehrdeutigkeit der Wörter zu verstehen. Nur kleinste Unterschiede in der Aussprache ergeben einen anderen Sinn.

Dennoch, nicht Worten allein stehen Kräfte zu. Ist nicht der Kuß schon ein Symbol? Der Ring, das Band und die rote Hochzeitsbettwäsche? Das Symbol teilt mit und deutet. Man kann es nicht erfinden. Symbole sind bereits gegeben. In der Natur, im Kosmos und im menschlichen Wesen. Nicht selten beruhen sie zudem auf Übereinkünften und Konventionen.

Das Symbol ist ein äußeres, sichtbares Zeichen, das gleichzeitig auf eine unsichtbare Welt hinweist, auf ein Wirken hinter dem Schein, ein Sein vor der Erscheinung. Sagte nicht schon Goethe: „Nichts ist innen, nichts ist außen, denn was innen, das ist draußen. So ergreifet ohne Säumnis, heilig, öffentlich Geheimnis".

Ich möchte Sie anregen, das Symbol mit anderen Augen zu sehen, sein Geheimnis zu entdecken und es bewußt zu nutzen. Ein Symbol trägt offen seine Geheimsprache zu Markte! Doch erkennen werden nur wenige Eingeweihte seinen Sinn. Spüren wird man seine Wirkungen allenthalben, doch ohne sich bewußt zu sein, daß das, was geschieht, auf Grund eines Symboles geschieht. Aberglaube, Hexerei? Nichts dergleichen!

Werbestrategen, Geschäftsleute und nicht zuletzt Regierungen der ganzen Welt arbeiten mit der Wirkung von Symbolen. Warum sollten wir dann nicht in dieser so symbolvollen Zeit auch ihre Sprache entschlüsseln können?

Menschen aller Völker, Kulturen und Weltanschauungen haben seit jeher Ursymbole wie Baum, Berg, Wasser, Feuer, Weg als transzendentale Wirklichkeit begriffen.

So lassen Sie uns nun folgende Symbole betrachten, die Sie in Ihrem persönlichen Wappen, Briefpapier und für

Visitenkarten verwenden können. Aber auch auf Ihre Haustür gemalt, geritzt oder als Intarsienarbeit in wunderbaren Möbelstücken integriert, können sie ihre Kräfte entfalten. Ein gutes Mittel ist auch der Gebrauch von Kraftsymbolen auf T-Shirts, in Ponchos eingenäht, als Lesezeichen oder Buchumschlag. Aber auch in der Bodenornamentik, am Hausgiebel und in der Schmiedekunst zur Verzierung von Balkongeländern können sie benutzt werden.

Wo auch immer Sie diese Symbole antreffen, werden sie ihre eigene Sprache sprechen. In diesem Buch werden Sie einerseits damit vertraut gemacht, was diese Sprache Ihnen mitteilen möchte, und so befähigt, alle die Sie umgebenden Dinge zu deuten. Zum anderen können Sie mit diesem Wissen über die Geheimsymbolsprache aber auch selbst bestimmen, wo Sie welche Symbole bewußt einsetzen möchten. Lassen Sie sich inspirieren!

Symbole des Tao

Fächer

Schwert

Kürbis

Bambusklapper

Blumenkorb

Bambustrommel

Flöte

Lotosblüte

Der Taoismus, von dem Philosophen Laotse (etwa 600 v.Chr.) begründet, deutete „tao" (Weg) als göttliches Urwesen, als Ursprung und Endziel allen Seins. Die Symbole des Tao werden den Lebensweg eines jeden Menschen unterstützen. Sie sind Symbole des Wissens und der taoistischen Unsterblichkeit.

Das Symbol des Fächers wird jeder nutzen, der die Feinheit der Gefühle ausdrücken möchte, ob bei Geburt oder Tod eines geliebten Menschen. So könnten Bestattungsinstitute mit dem Symbol des Fächers genauso arbeiten wie Entbindungsstationen, Partnervermittlungsagenturen, jemand der einen Meditationsraum ausgestalten oder Liebesbriefe schreiben möchte.

Das Schwert wird dort Verwendung finden, wo man sich gegen übernatürliche Kräfte verteidigen muß, wo es um Kampf und Abwehr geht.

Der Kürbis mit Krücke könnte in Kliniken und Heilberufen genutzt werden.

Die Bambusklapper wird in Schulen und Kindergärten, sowie in Warteräumen, besänftigend zur Wirkung kommen.

Der Blumenkorb kann im Schlafzimmer, in Krankenräumen oder in Betrieben dort zum Einsatz gebracht werden, wo man eine lange Lebensdauer von Mensch oder Betrieb wünscht.

Die Bambustrommel ist dort gut angewandt, wo man die Wahrheit erfahren oder verbreiten möchte.

Die Flöte wird zur Harmonisierung im Wohn- oder Bürobereich zum Einsatz kommen.

Die Lotosblüte ist die Blüte der fraulichen Tugend, Reinheit und Allmacht. Sie kann für Bäder, Schlaf- und Hotelzimmer sowie Schönheitssalons und -produkte Verwendung finden, aber auch für Unternehmen, die viel Frauen beschäftigen und Produkte, die im Einklang mit der Natur und für Frauen hergestellt werden.

Fächer stehen für die Feinheit des Gefühls.

Das Schwert verleiht magische, übermenschliche Kraft.

Der Kürbis vermittelt Heilkraft.

Die Bambusklapper wirkt besänftigend.

Der Blumenkorb steht für langes Leben.

Die Bambustrommel steht für Wahrsagekunst.

Die Flöte weckt die feinen Sinne und fördert die Harmonie.

Die Lotosblüte vermittelt Reinheit und Tugend.

Buddhistische Symbole

Flammendes Rad

Muschel

Ehrenschirm

Baldachin

Lotosblume

Vase

Fische

Endloser Knoten

So wie die Symbole des Tao sind die „buddhistischen Symbole" mit einer großen Bandbreite an Einsatzmöglichkeiten versehen. Wie der Name schon sagt, entstammen sie dem Buddhismus, der Lehre von der Erlösung der Seelen aus der Seelenwanderung durch das Überwinden weltlicher Begierden - in China 67 n.Chr. offiziell eingeführt - welche die chinesische Tradition des Feng Shui prägte.

Das Flammende Rad steht als Symbol für Recht und Gesetz wie auch für die Reinkarnation und den Weltenlauf. Ob Richter oder Politiker - alle, die für Gerechtigkeit eintreten, könnten das Rad im Wappen, in der Flagge, oder im Briefpapier tragen.

Die Muschel steht für Schönheit, Weiblichkeit, Denken, Klugheit und Gebet - entsprechend breit gefächert sind ihre Anwendungsmöglichkeiten. Muschelmuster um den Hauseingang herum bringen Schönheit in das Haus, Klugheit und alle anderen Tugenden. In England sieht man sehr viele Häuser mit Muschelsymbolen. Besonders in Schloßornamenten kommen Klugheit und Schönheit in Form des Muschel-Symbols häufig vor. Zu Hause, im Bad, im Schlafzimmer, oder im Arbeitszimmer einer Frau, als Bild oder Gegenstand verbindet die Muschel weibliche Schönheit mit Klugheit.

Der Ehrenschirm ist nicht nur für Veteranenvereine, sondern auch für all die Organisationen ein gutes Symbol, die anderen helfen.

Der Baldachin wird überall zu finden sein, wo man Schutz, Würde, Ehre und Autorität symbolisch darstellen möchte.

Ob im Chefbüro, als Bild am heimischen Schreibtisch, als Malerei auf der Wand oder Logo im Firmenzeichen, der Baldachin unterstützt die Anerkennung.

Die Lotosblume hat dieselben Eigenschaften wie die Lotoshülse, mit dem Unterschied, daß die Hülse das Potential von Reinheit in Samenform enthält und die Blüte die vollkommene sichtbare Entfaltung dieser Hülse ist.

Die Fische sind nicht nur auf Einladungskarten für Hochzeiten zu finden, man findet sie auch auf Glücks-Umschlägen für Neujahrsgrüße. Das Symbol der Fische zieht Partnerglück an, nutzen Sie es nach Belieben! Rote Fische werden das Lebensglück anziehen.

Der endlose Knoten ist, wie die Fische auch, in Europa weit verbreitet. Der Knoten, das Symbol des ewigen Schicksals, der Ewigkeit und Unendlichkeit wird dort gern genutzt, wo man ungünstige Einflüsse bremsen möchte und sich dem Schicksal stellt. Über dem Kopfende des Bettes, hinter dem Schreibtischplatz oder in Türnähe ist der endlose Knoten ein guter Begleiter.

Das Flammende Rad ist ein Symbol für Recht und
Ordnung; für Reinkarnation und Weltenlauf.

Die Muschel ist das Symbol für Denken und Klugheit.

Der Ehrenschirm ist das Symbol der Wertschätzung
und der Barmherzigkeit.

Der Baldachin ist das Symbol für geistige
Autorität und Würde.

Die Lotosblume ist das Symbol der Reinheit
und der Moral.

Die Vase ist das Symbol für Wohlstand, hohes
Einkommen und Glück.

Die Fische sind das Symbol für Wohlstand und Glück.

Der endlose Knoten ist das Symbol der
Unendlichkeit und Ewigkeit.

Die acht Kostbarkeiten

Perle

Geld

Raute

Bücher

Gemälde

Klangstein

Trinkhörner

Wermutblatt

Die acht Kostbarkeiten sind Symbole feiner Bildung,
Kunst, Schönheit und Lebensfreude.

Die Perle ist das Symbol des Reichtums. Sehr viele
Unternehmen bedienen sich bereits der Perle in ihrem
Logo.

Das Symbol des Geldes ist eine Münze mit einem Loch.
Man nennt es „Käsch" - Lochmünze. Namhafte Unternehmen wie die „Bank of China" bedienen sich ihrer im
Logo. Dieses Symbol finden Sie aber auch auf Geld-
Briefumschlägen. Geld wird scheinbar zum Glücksgeld
gewandelt, indem Sie es im roten, mit Geldsymbolen
versehenen Glücksgeldumschlag überreichen. Diese Um-
schläge kommen auch in Tresore, Geldbörsen, in den
Kontoordner oder in die Kassen des Supermarktes, um
den ewigen Geldsegen sicherzustellen. Diesen Um-
schlägen im Portemonnaie sagt man nach, daß man mit
ihnen eine immer volle Börse hätte. Schreiben Sie auf
ein rotes Blatt Papier mit goldener Schrift Ihre Wünsche,
den Zeitraum der Erfüllung und was Sie dafür bereit sind
zu tun. Stecken Sie anschließend den Wunsch in den roten Umschlag und legen ihn an die oben genannten Stellen. Ist der Wunsch erfüllt, so verbrennen Sie den Wunsch.
Wer Feng-Shui-Unterweisungen erhalten hat, wird nach
alter Tradition seinen Obulus ebenfalls in einem roten
Geld-Briefumschlag überreichen. Das bedeutet, daß man
dem, der die Unterweisungen gegeben hat, auch weiter-
hin viel Glück wünscht.

Die Raute ist in Europa bis heute weit verbreitet und aus
dem keltischen Brauchtum erhalten geblieben. Sie gibt

Kraft, stärkt das Vertrauen in die eigenen Fähigkeiten und bedeutet „Sieg im Kampf...". Vergleicht man sie mit der Rune „Ingwaz", da sie dieselbe Form und damit die gleiche Information trägt, so erhält man folgende Hinweise: Ingwaz ist das Symbol von Wachstums -und Reifeprozessen, sichert Entwicklungsprozesse ab, aktiviert das innere Wachstum und konzentriert die Energie nach innen. Sieg durch Konzentration nach innen ist in allen Kampftechniken des Ostens die Grundregel.

Das Symbol der Bücher können alle benutzen, die Kultur und Wissen ausdrücken, unterstützen und anziehen möchten.

Der Klangstein wird auch als „Gong" bezeichnet. Das Symbol ist Ausdruck für den Klang, der ertönte, um eine wichtige Persönlichkeit von hohem Amt anzukündigen. Auch in Europa ist es bekannt, daß man, um Aufmerksamkeit auf eine Person oder Ankündigung zu erzielen, vorher einen Ton erklingen läßt.

Die „Trinkhörner" sind in Europa schon bekannter. Sie sind das Symbol für Mannhaftigkeit. Nicht nur, daß man aus ihnen trinken kann, man wird auch eine Runenkombination von Raute - Rune Ingwaz - und Zweigen - Rune Elhaz - entdecken. Diese Rune ist die des Lebens und besteht hier aus insgesamt zwölf Rispen oder zweimal sechs Einzelrunen. Das bedeutet zukünftigen Erfolg und Reichtum aller Unternehmungen. Die acht auf den Trinkhörnern befindlichen Punkte stehen für Erfolg. Sie sind aufgeteilt in zweimal drei und zweimal einen Punkt. So sind die Trinkhörner ein machtvolles Symbol für alle, die Erfolg, Mannhaftigkeit und Lebenskraft anziehen möchten.

Das Wermutblatt ist das reine Symbol für Gesundheit, Lebensfreude und hohes Alter. Nicht nur für Altenheime, auch für Krankenhäuser, Zimmer und Ecken der Regeneration ist das „Wermutblatt" sehr zu empfehlen. Schauen Sie zur Bedeutung des „Wermutblattes" die Kräuterheilkunde an: Er regt die Gallenausschüttung und damit die Darmverdauung an und hat eine wärmende und appetitanregende Wirkung.

Neben diesen Symbolen gibt es die vier Sinnbilder:

– die Harfe, die die Feinsinnigkeit unterstützt,

– das Schachbrett, das die mathematischen Künste und die Klugkeit fördert,

– Bücher und Schreibpinsel, die für Literatur und Bildung stehen

– und die zusammengerollte Tuschzeichnung, Kalligraphie, Malerei, die den Kunstsinn fördert.

Die Perle ist das Symbol des Reichtums.

Das Geld bedeutet, zu weltlicher Fülle
und Reichtum zu gelangen.

Die Raute ist das Symbol für den Sieg im Kampf,
Kraft und Fähigkeiten.

Das Symbol der Bücher steht für Kultur und Wissen.

Das Symbol des Gemäldes steht für Schönheit
und Kunstsinn.

Das Symbol des Klangsteins ist das Emblem
hoher Beamter.

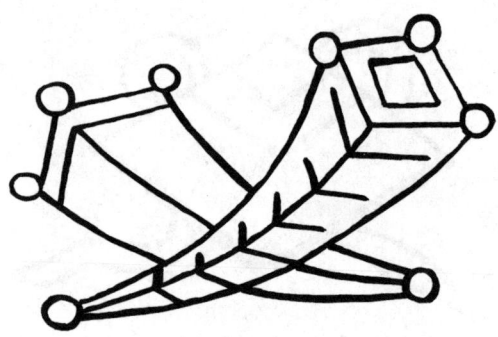

Das Symbol der Trinkhörner bedeutet Mannhaftigkeit,
Sieg, Lebenskraft, Dualität, Yin und Yang, sowie Erfolg.

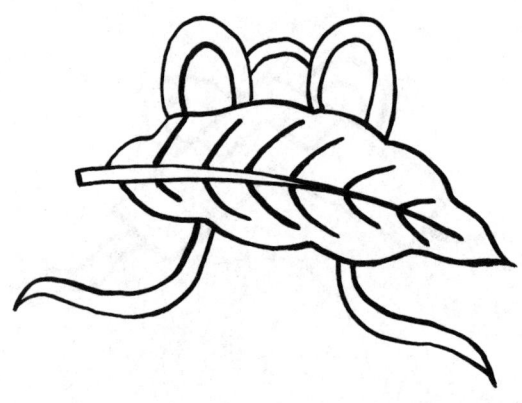

Das Wermutblatt ist das Symbol für Lebensfreude,
Gesundheit und hohes Alter.

Die Symbolik der Fünf Elemente

Feuer

Erde

Metall

Wasser

Holz

Die Theorie der Fünf-Elemente oder der Fünf-Wandlungs-
phasen, wie sie auch genannt werden, ist die Grundlage
allen Denkens und Handelns im Feng Shui. Die Chinesen sehen die Wechselwirkung der Fünf Elemente, Feuer, Erde, Metall, Wasser und Holz im Ablauf der Natur-
erscheinungen. Nicht die reale Substanz, sondern die nicht
sichtbaren Eigenschaften der Elemente stehen hinter dem
Wirken der Materie.

Im Gegensatz zu der Vier-Elemente-Wirkweise, deren
Theorie auf den vier Haupthimmelsrichtungen beruht,
bezieht die Fünf-Elemente-Lehre auch die Zwi-
schenhimmelsrichtungen mit ein und verbindet so den
prä- und postnatalen Himmel (Begriffe aus dem I-Ging)
miteinander, oder anders ausgedrückt: Die irdischen und
himmlischen Belange, Geist und Materie werden vor-
trefflich durch die Fünf Elemente verbunden. Die Zwi-
schenhimmelsrichtungen sind die „Eckpfeiler der Welt",
stellen die vermittelnde Ebene zu den menschlichen Hand-
lungsweisen dar. Somit ist die Fünf-Elemente-Lehre we-
sentlich umfangreicher und holistischer in ihrer Be-
trachtungsweise, und daraus läßt sich sicher erklären,
warum sie die Grundlage der Behandlungen in der Tra-
ditionellen Chinesischen Medizin darstellt.

Das Verständnis im Feng Shui beruht auf den Wechselwirkungen dieser elementaren, abstrakten Fünf Elemente untereinander. Einerseits fördern sie sich oder bringen sich hervor und andererseits kontrollieren oder zer-
stören sie sich. Feuer erzeugt Erde, diese fördert Metall,
Metall bringt Wasser hervor, dieses die Pflanzen und damit das Holz, welches wiederum ein gutes Feuer ergibt.

Andererseits hackt die Axt, die aus Metall besteht, das Holz, dieses laugt die Erde aus, und diese ihrerseits verschüttet Wasser, und Wasser seinerseits löscht das Feuer.

Das Feuer-Element hat die Dreieckform zu eigen, ist jahreszeitlich gesehen dem Sommer zugehörig, dem Mittag, wird mit der Glut der Rottöne in Verbindung gebracht und ist das Element der Freude und des bitteren Geschmackes. Die Zahl des Feuers ist die Neun und seine Unterstützung gilt den menschlichen Angelegenheiten von Ruhm und Anerkennung.
Setzt man das Feuer-Element in den Süden eines Hauses, im Garten oder einer Firma ein, verstärkt man die Anziehung von Glück und Ruhm.

Erde hat die viereckige und flache Form, verkörpert den Spätsommer, den Nachmittag, Ruhe und Empfangen. Erde wird mit der gelben und orangenen Farbpalette sowie dem süßen Geschmack in Verbindung gebracht. Die zugehörigen Zahlen sind Zwei, Fünf und Acht. Verstärkt man mit dem Erd-Element den Südwest-Bereich einer Wohnung oder eines Hauses, so fördert man die Zusammenarbeit und die Partnerschaft, die Ehe und die Frau des Hauses oder die weiblichen Angestellten in einer Firma. Bringt man das Symbol verstärkt in den Nordosten, so kommen mehr ratsuchende Menschen, und das Wissen um Zusammenhänge wird gefördert.

Metall hat die runde Form und ist das Element der zeitlichen Abläufe, des Austausches und der Leichtigkeit. Seine Farbe ist weiß, metallig, der Geschmack scharf und die Tageszeit dem Abend zugeordnet. Jahreszeitlich betrachtet gehört der Herbst zum Element Mètall. Verstärkt man es im Nordwesten, so wird man hilfreiche Menschen anziehen. Eine Verstärkung im Westen dagegen unterstützt die zukünftigen Vorhaben, die Heiterkeit, Kreativität, die Jugendlichen und Kinder.

Das Wasser-Element wird symbolisch durch drei Wellen dargestelllt. Es wird im Zusammenhang mit den Farben Blau und Schwarz, der Nacht und dem Abend gesehen. Emotional verbindet man das Wasser-Element mit dem Loslassen und sich „im Fluß des Lebens befinden". Bringt man verstärkt das Wasser-Symbol im Norden ein, so werden die Lebensenergien und die Karriereaussichten gefördert. Wasserbilder, Brunnen und Teiche werden im rechten Hausbereich nahe der Haupteingangstür viel Glück für die männlichen Bewohner und deren Zukunftsaussichten bringen. Vielleicht aber bevorzugen Sie es, nur die Nordwand Ihres Gebäudes in Blau zu streichen, stellen blaue Aktenordner dort hin oder hängen dort ein blaues Wasser-Bild auf.

Das Holz-Element wird als aufrecht stehende Zigarre dargestellt und ist das Symbol des Frühlings, des Morgens, des Wachstums, der Regeneration, der Farbe Grün und der Liebe. Wird das Holz-Symbol verstärkt im Südosten in Form von Bäumen, Blumen oder Naturbildern eingebracht, dann werden der himmlische Segen und der Reichtum angezogen. Verstärkt man den Ost-Bereich einer Wohnung oder eines Hauses mit dem Holz-Symbol, dann fördert man die Harmonie mit den Eltern, die Gesundheit und wird für Klarheit und Fortschritt in diesen Bereichen Sorge tragen. Bringt man das Symbol verstärkt in einer

Firma ein, so fördert man die Unternehmensleitung. Sollten Sie lediglich die grüne Farbe bevorzugen, so streichen Sie die Wände im Osten Ihres Gebäudes beispielsweise Hellgrün und insbesondere Lindgrün, um Glück in den Firmenleitungen oder der Familie anziehen. Reichtum und Segen können Sie im Südosten anzuziehen. Für den Südosten nehmen Sie ein sattes, dunkleres Grün. Das kann der Fußbodenbelag, ein Wandbehang oder ein Bild sein.

Jeder Himmelsrichtung ist ein Element zugeordnet:
Süden - Feuer,
Südwesten - Erde,
Nordwesten - Metall,
Norden - Wasser,
Osten und Südosten - Holz.

Die Wechselwirkungen der Elemente sind für die Herstellung von harmonischen Bedingungen ausschlaggebend. Verwendet man jedes Element in seiner angestammten Himmelsrichtung, so erzielt man höchste Harmonie. Verwenden Sie beispielsweise das Feuer-Element mit seinen Form- und sonstigen Eigenschaften wie der Farbe Rot und dem Dreieck, werden Sie im Süden höchste Freude, Ruhm und Anerkennung erzielen.

Sie können sich die nachfolgenden Symbole kopieren und selbst in der Farbe des Elementes nachzeichnen. Ob Sie sie im Logo, auf Aktenordnern, in einer bestimmten Himmelsrichtung Ihres Hauses oder im Business anwenden, werden Sie selbst entscheiden. Hier als schönes Bild, dort vielleicht in Postkartengröße auf dem Schreibtisch können die Symbole ein sehr hilfreiches Feng Shui sein.

Das Feuer – Li

Das Feuer wird im Chinesischen Huo genannt, es entspricht dem Trigramm Li, das
Haftende. Es bedeutet Sonne und Licht,
Tag, Mittag und Sommer. Die Kraft der
Feuer-Energie wird symbolisiert durch drei-
eckige Formen und die Farbe Rot. Wenn Sie die Süd-
wand in der Farbe Rot streichen, ein Bild mit roten Ro-
sen aufhängen oder rote Blüten in den Süden bringen,
werden Sie die Eigenschaften des Feuers wie auch Ruhm
und Anerkennung anziehen. Auch neun rote Dreiecke
im südlichenWohn- oder Arbeitsbereich in Form einer
Wand- oder Bildmalerei können Segen bringen.

Die Erde – Kun und Ken

Das Erd-Element besteht aus „Kun" im Südwesten und
„Ken" im Nordosten. Die Erde wird im Chinesischen Tu,
das Empfangende genannt. Es entspricht dem Trigramm

Kun. Das Wesentliche von Kun ist das Empfangen. Die Mutter empfängt das Kind, die Schale den Reis, der Topf das Essen, das Bett den Schlafenden und das Boot die Insassen. Die Symbole der Erde sind das  Viereck, die flache Ebene und die Farbe Gelb. Wollen Sie diesen Aspekt anziehen, dann können Sie mit paarigen Symbolen der orange/gelben Farbpalette, dem erdigen Material wie Terrakotta oder der Kombination von Viereck und Gelb ein Symbol bilden, das im Südwesten als Teppichmuster, Wandmalerei, Bild oder gegenständliche Form zu finden ist. Sie unterstützen so die Beziehungen von Menschen untereinander. Im häuslichen Bereich wird insbesondere die Partnerschaft gefördert und im betrieblichen Rahmen die Fähigkeit, im Umgang mit anderen Menschen harmonische Beziehungen aufzubauen.

Auch für Ken trifft dies zu, aber es symbolisiert zusätzlich den Berg, das Stillehalten, Warten und Ruhe. Im Nordosten gewinnt ein Bergbild oder senkrecht stehender Stein-Menhir an besonderem Symbolwert für Ruhe und Stabilität und fördert die Fähigkeit, das zum Ausdruck zu bringen, was wirklich wichtig ist und damit auch die Besinnung auf das Wesentliche.

Das Metall – Tui und Chien

Das Heitere und der Himmel treffen sich
zur Freude aller! Die Form des Metalls ist
rund, und es glänzt silbrig und weiß. Im
Chinesischen wird das Metall-Element in
zwei Himmelsrichtungen zu finden sein:
im Westen und Nordwesten. Die heitere Energie wird als
„Tui" bezeichnet und ist im Westen anzutreffen. Im Nordwesten begegnen wir dem Begriff „Chien", der die Energie des Himmels, den Mentor, den alten Mann, den Füh-
rer, Helfer und das Schöpferische begrifflich zusammenfaßt.
Die runde Form, die weiße Farbe und metallische Mate-
rialien im Nordwesten oder Westen einer Wohnung oder
eines Außengeländes ziehen im Westen „Heiterkeit" und
im Nordwesten „hilfreiche Unterstützungen" an.

Das Wasser – Kan

Das Wasser, Shui, ist das Abgründige. Es entspricht dem Trigramm Kan. Es steht für den Fluß des Lebens, seine Form ist anpassungsfähig und unregelmäßig. Wasser symbolisiert die Essenz des Lebens, den ständigen Kreislauf von Geburt und Wiedergeburt, die Tiefe  der Seele und die mystischen Erfahrungen. Aus der Nacht wird der Tag geboren. Nach dem Winter kommt der Frühling. Doch symbolisiert das Wasser-Element auch die Atempause des Tages und des Jahres, weil die warmen Kräfte ihren Tiefstpunkt mit eintretendem Frost erreicht haben und alle Lebenskräfte sich bis zum Frühjahr zu einer Pause zurückziehen. Die blaue Farbe, Wasser und die unregelmäßige Form können allein oder in Verbindung die Lebensenergie der Bewohner verbessern, wenn sie im Norden anzutreffen sind. Das reine Symbol des Wassers besteht aus drei von links unten nach rechts oben aufsteigenden blauen Wellen. Kopieren Sie sich das Symbol und vergrößern Sie es auf ein gutes Feng-Shui-Maß. Mit der Kraft dieses Symbols werden Ihre Vorhaben leichter gelingen. Die Energien Ihres beruflichen und privaten Lebens werden in Fluß kommen, und Ihrer Beförderung oder dem beruflichen Aufstieg werden die Weichen gestellt sein.

Das Holz – Sun und Chen

Das Holz, Mu, besteht aus Sun - dem Sanf-
ten, dem Wind, sowie Chen - dem Schöpferischen, welches sich mit dem Wind zu
gewaltiger Energie vereint. Das Holz wird
mit Wachstum, Neubeginn und Regenera-
tion in Verbindung gebracht. Seine Form ist wachsend,
hoch aufragend. Frühling, Wachstum und Erinnerung an
den Ursprung sind dem Trigramm (ein Ursymbol, besteht aus drei Linien, die Yin und Yang Charakter haben
können) zu eigen.
Wenn Sie die Farbe Grün, hoch aufragendes Holz, Pflanzen oder Frühlings-Bilder im Osten oder Südosten auf-
stellen oder -hängen, werden Sie im Privaten die Unterstützung Ihrer Familie und im beruflichen Sinne die
Ihrer Vorgesetzten leichter gewinnen. Wählen Sie das
grüne, aufrecht stehende Holz-Symbol für den Osten
oder Südosten, so werden Sie Ihre persönlichen Wachs-
tumspotentiale fördern und die Unterstützung durch
Ihre Vorgesetzten und die Ihrer Familie anziehen.

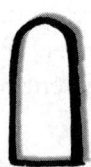

Die Symbolik der Zahlen

Im chinesischen Denken entsprechen die geraden, teilbaren Zahlen dem Yin - dem weiblichen, dualen, dunklen Prinzip. Die ungeraden, unteilbaren Zahlen entsprechen dem Yang - dem hellen, lichten, männlichen Prinzip. Symbolisch gesehen sind Zahlen nicht quantitativ meßbar, sondern sie besitzen eigene, zunächst verborgene, spirituelle Kräfte. Sie sollten die Bedeutung der Zahlen für Ihr Zuhause wie für die Firma kennenlernen, damit Sie sie auch bewußt einsetzen können. Die Zahlen selbst sind Symbole mit spirituellen Fähigkeiten. Sie können Stabilität, Kraft, Zweifel, Verderben, Mystik, Erfolg, Stärke und Harmonie symbolisieren, Hoffnungen wecken und Gefühle der Freude auslösen. Vielleicht erscheinen sie Ihnen in Träumen, vielleicht in der Anzahl und Anordnung Ihrer Möbel und Accessoires, als Botschaft auf Bildern, in Form von Telefon-, Konto- oder Autonummern, vielleicht als Los-Zahl oder Datums-Zahl. Zahlen sind Schwingungen, man kann sie in Buchstaben umwandeln, beispielsweise die Eins in den Buchstaben A, die Zwei in den Buchstaben B und so fort. Buchstaben wiederum lassen sich in Musik-Noten übertragen und damit in Musik umwandeln. Zahlen geben Proportionen und Abstände an. Meistens fühlen wir, ob ein Raum sich harmonisch oder nicht anfühlt, entweder sind seine Feng-Shui-Maße günstig proportioniert oder nicht. Wir können aus der Ferne betrachtet sagen, ob ein Bild schief hängt oder nicht und es auf den Millimeter genau positionieren. Wir fühlen Zahlen und können sagen, ob sie sich warm oder kalt anfühlen und welche Farbe sie ausstrahlen. Zahlen haben Wirkungen, die sich verstärken, indem Sie sie aussprechen, schreiben und ansehen. Angenommen

Sie ziehen in ein Haus mit der Nummer Siebzehn, dann werden Sie sicher viele Leute haben, die zu Ihnen kommen. Von Ruhe kann keine Rede sein, denn es ist das „öffentliche Haus". Auch die Fünf als Hausnummer bringt keine Entlastung, denn sie ist die Zahl der Bewegung. Wollen Sie Ruhe schöpfen, so ist Ihnen mit der Hausnummer Zwei besser gedient. Natürlich muß man auf den Feng-Shui-Beratungsklienten hin die Hausnummern untersuchen. Das ist nur ein Teil einer Feng-Shui-Beratung. Wenn mich aber ein Klient fragt, der die Wahl hat, in ein Haus mit der Nummer Acht oder der Nummer Vier einzuziehen, wozu ich ihm rate, so werde ich ihm das Haus mit der Nummer Acht anraten. Vier bedeutet soviel wie harte Arbeit, Handwerk und Mühen - im Chinesischen auch Tod, da Vier wie das Wort Tod ausgesprochen wird. Die Acht bedeutet erfolgreich zu sein, Kraft, Wohlstand und Fülle und kosmisches Bewußtsein zu mehren.

Das buddhistische Karmarad enthält beispielsweise acht Speichen, die den achtfachen Weg der Erlösung bezeichnen. Nur wer diesen Weg geht, heißt es, wird aus dem Kreislauf von Tod und Wiedergeburt erlöst. Die altchinesische Kosmologie erinnert mit dem Aufbau der Pagoden an die acht Urgötter. So ist die Acht in Bauwerken und Symbolen manifestiert.

Chinesen haben in ihrer Sprache oft eine Doppeldeutigkeit, die sich auch in den Zahlen widerspiegelt: Von der Vier hörten Sie bereits, die wie das Wort Tod ausgesprochen wird; die Eins ist gleichklingend in der Aussprache und im Wortklang mit dem höchsten Prinzip Gottes, wenn wir so wollen, der Allmacht; die Fünf beispielsweise gleichbedeutend mit den Fünf Elementen.

Zahlen im chinesischen Sprachgebrauch ausgesprochen sind nicht nur doppeldeutig, es ist auch ihre ureigene Energie, die sie so interessant macht. Selbst wenn Sie an dieser Stelle glauben sollten, daß in Europa nicht interessiert, was in China vor sich geht, so sind wir doch alle miteinander gedanklich vernetzt, was die Distanz zueinander völlig unerheblich macht.

Lassen Sie uns nun gemeinsam die Bedeutungen der Zahlen, ihre Energie und geheime Sprache kennenlernen.

Die Deutung der Zahlen von 1 bis 10

Die Eins

Die Eins ist bei den Chinesen eine Zahl, die Yin und Yang gleichermaßen enthält - eine göttliche Zahl, ohne weltlichen Anspruch. Sie ist daher von Grund auf gut, nur der Umgang mit ihr ist unpopulär. In Europa ist die Eins die Zahl des Yang, der schöpferischen Urkraft. Aber sie wird auch als die Gotteszahl angesehen, was bedeutet, daß Gott selbst sich hier in der Dualität befinde und alle männlich-starken Eigenschaften erhalte.

Die Zwei

Die Zwei ist bei den Chinesen eine sehr günstige Zahl. Symbolisiert sie doch, daß Angestrebtes mühelos erreicht werden kann. Hierzulande ist es die Zahl des aus der Einheit gefallenen Weiblichen - der Uneinigkeit.

Die Drei

Die Drei ist eine ungerade Zahl und deshalb bei den Chinesen nicht so beliebt. Sie besteht aus den Polen Yin - der Zahl Zwei und Yang - der Zahl Eins. Dennoch hat diese Zahl ihre Besonderheit als die Zahl der „Dreieinigkeit". Zwei und Eins verschmelzen zu Drei: Körper, Seele und Geist. Die Drei verkörpert Optimismus, Lebensfreude, Ausdruck, Erweiterung und die dreifaltige Natur der Göttlichkeit. In einem Dreier-Haus kann man sich wegen der starken, expansiven Energie übernehmen, was zu finanziellen Verlusten und Überanstrengung führen könnte. Kreativ und schöpferisch werden Sie fähig sich den Herausforderungen zu stellen. Kinder werden gedeihen, Redner und Künstler begünstigt werden.

Die Vier

Die Vier ist die Zahl des Todes in China, da sie fast genau dieselbe Aussprache wie das Wort für Tod hat. In Europa gibt es diesen Gleichklang nicht. Hierzulande gilt die Zahl als die Zahl der Kraft und Ausdauer, aber auch der harten Arbeit. „Vollende, was du begonnen hast", das möchte Ihnen diese Zahl zurufen. Auch Meinungsverschiedenheiten sind möglich. Aber letztendlich ist diese Zahl nicht wirklich negativ zu werten, denn sie enthält den Aufruf zur Wandlung, zur Tatkraft. Auch der Tod ist Wandlung, und so symbolisiert die Vier die Transformationskraft zur Bewältigung aller irdischen Aufgaben, um sich davon zu lösen. Andererseits sollte man sich in einem Haus mit der Nummer Vier auch um Disziplin, Ausdauer, Dienen und Produktivität bemühen. Sollte sie als Hausnummer vorkommen, so zeichnen Sie einen roten Kreis um sie, da Rot die Farbe des Lebens symbolisiert und der Kreis die Kraft zur Mitte hin bewegt, so daß die ungünstige Energie im Kreiszentrum verweilt.

Die Fünf

Die Fünf ist eine sehr günstige Zahl, wird sie doch mit den Fünf Elementen assoziiert. Die Fünf ist auch die Zahl der Mitte. Aber sie ruht dort nicht, sondern ist innerhalb von Zeit und Raum in Veränderung begriffen. Demnach ist sie die Zahl der Bewegung, im ungünstigsten Fall die Zahl der Unruhe.

Die Sechs

Die Sechs ist die Zahl des künftigen Reichtums. Mit ihr sind ganz klar die besten Vor-   **6**
aussetzungen gegeben, daß Reichtum durch
Glücksspiel oder Erbe ins Haus kommt. Sie ist
als Telefon- oder Kontonummer willkommen. Als Hausnummer fordert sie auf, soziale Verantwortung zu übernehmen, Mitgefühl und Liebe zu üben sowie großzügig
zu sein und Dienst an der Gemeinschaft zu übernehmen.

Die Sieben

In Europa ist die Sieben die Zahl der mystischen Wandlung, des Alleingangs in die Spiri-   **7**
tualität. Sie kommt in Märchen und Sagen vor.
Als Hausnummer fordert sie auf, sich auf spirituelle Werte zu konzentrieren, mehr noch als auf ma-
terielle Güter. Die Sieben gibt Distanz und fördert das
Alleinsein. Wenn Sie dies wünschen, so ist das Haus mit
dieser Zahl genau richtig für Sie.

Die Acht

Die Acht ist die Zahl des Reichtums. Sie fördert die persönliche Macht, den materiellen Wohlstand, die Fülle, das kosmische Bewußtsein und die Autorität. Ehrungen, Anerkennung, finanzielle und ideelle Fülle kommen mit der Acht zu Ihnen. In einem Haus mit der Nummer Acht werden Sie zu Wohlstand gelangen, so daß Sie sich mit Themen des Überflusses beschäftigen können. Denken Sie auch an Ihre Mitmenschen und gehen Sie klug mit Ihren spirituellen Kräften und dem materiellen Gewinn um. Denn die Acht sagt auch: Alles oder Nichts! Die Acht wird im Feng Shui für Konto- und Telefonnummern bevorzugt.

Die Neun

Die Neun ist die Zahl des langen Lebens und
der Vollendung. Sie verstärkt alle Zahlen, die
vor ihr stehen. Wenn Sie zum Beispiel die Zahl
Neunundzwanzig vor sich sehen, so besteht sie
aus der Zwei - leicht - und der Zahl Neun - vollenden.
Zusammen bedeutet dies: leicht vollenden. Als Hausnummer fordert die Neun auf, sich humanitären Zielen
zuzuwenden und Mitgefühl, Toleranz und Weisheit zu
entwickeln.

Die Zehn

Die Zehn bedeutet Gewißheit. Zusammenge-
setzt aus der starken, autoritären wie macht-
vollen Eins und der Null, die an die Aufgaben
erinnert, die man auf Erden zu erfüllen hat.
„Erinnere Dich an Deinen kosmischen Auftrag" will uns
die Zehn sagen. Als Hausnummer ist sie mit Neuan-
fängen, Sturheit, Streit und Unabhängigkeit verbunden.
Die Bewohner werden aber auch das Einssein mit dem

Leben lernen und mit kreativen Ideen ihre Individualität zum Ausdruck bringen.

Die Zahlen 2, 5, 6, 8, 9 und 10 sind im Chinesischen die Glückszahlen. 1, 3 und 4 sind die weniger glücklichen, bzw. die 4 ist im Feng Shui eine tatsächliche Unglückszahl.

Die Zahl wird zum Maß

Es gibt Maße, die Reichtum, Krankheit, Trennung und Verluste sowie Verletzungen bringen. Andere Maße hingegen begünstigen gutes Gelingen, Kraft, Kapital und Reichtum. Messen Sie Ihre Fenster, Türen, Betten und Schreibtische aus. Der Erfolg und die Gesundheit vieler bekannter Menschen auf der ganzen Welt ist zu einem Teil auf die günstigen Feng-Shui-Maße zurückzuführen. Das kleinste gute Maß ist 5,37 Zentimeter. Davon ausgehend sind achtmal (acht ist die Glückszahl der Chinesen!) 5,37 Zentimeter gleich 42,96 Zentimeter - das Lieblingsmaß der Feng-Shui-Experten für ihre Aktenkoffer! Der Feng-Shui-Lehre zufolge sind vor allem zweimal oder gar dreimal hintereinander benutzte Zahlen besonders glücksverheißend, wie es die Doppelacht, die dreifache Fünf oder die dreifache Sechs sind. Man findet sie in Hongkong und China im Firmenlogo, in Form von Hausnummern oder in ausgesuchten Konto-, Auto- oder Telefonnummern.

In der Übersicht betrachtet bedeuten:

Zwei – etwas mühelos oder leicht zu erreichen.

Fünf – alle Kraft der Fünf Elemente auf seiner Seite zu haben.

Sechs – künftiger Reichtum.

Acht – Reichtum, Erfolg und Gedeihen erlangt zu haben.

Man liest die Zahlen hintereinander. Das heißt, daß es für jede Zahl eine Bedeutung gibt, so daß jede Zahl ähnlich zu lesen ist wie ein Text in einem Buch. Zum Beispiel die Zahl 255682 - sie kommt vielleicht als Telefonnummer vor. Dann lesen Sie: Es ist leicht, mit der doppelten Kraft der Elemente mühelos zu künftigem Reichtum und Gedeihen zu gelangen.

Die Geheime Bedeutung von Maßen

Nehmen Sie sich einen Zollstock, ein Lineal, oder Feng-Shui-Maßband, welches eine spezielle Maßeinteilung nach günstigen und ungünstigen Maßen besitzt, zu Hilfe. Messen Sie sodann die Schreibtischplatte in Breite und Tiefe, das lichte Türmaß und jedes Möbel, die Aktentasche oder Ihr Briefpapier und Schreibtischutensilien aus. Was auch immer Sie messen, es sollte harmonische Maße besitzen. Auch unser Körper hat ein Maßsystem, was auf der Maßeinheit „Cun" beruht und dem goldenen Schnitt entspricht, der die Beziehung zweier Längen zueinander harmonisch abstimmt. So empfindet man ein Verhältnis von 3 zu 5 oder 5 zu 8 Einheiten als harmonisch, stimmig. Der jahrtausendealte Wissenschatz von Feng Shui beruht auf der Erfahrung, daß die Seele für das Wohlbefinden ganz bestimmte Maße der Schönheit und Harmonie um sich herum benötigt. Alles was den Menschen umgibt, ist in einem bestimmten Verhältnis zueinander zu sehen, hat mehr oder weniger günstige Proportionen und wirkt so auf die Seele als harmonisch oder unharmonisch. Wenn wir optimale Feng-Shui-Maße verwenden, so gelingt es mehr und mehr, bestimmte Schwingungen der lebensförderlichen Energien in das Leben zu integrieren, die zu Gesundheit, Glück, Reichtum, Kraft und Erfolg führen.

Im folgenden finden Sie die Maße für Fenster, Türen, Schreibtische, Betten, Aktenkoffer, Schreibunterlagen, Regale, Visitenkarten, Firmenschilder, Reklamewände, Aufsteller u.s.f.:

Maße des Reichtums: 0,1 cm bis 5,37 cm

Das Maß des Reichtums ist noch einmal in drei Unterabschnitte aufgeteilt, so daß die Bedeutung genau differenziert werden kann. Ob Sie den „kommenden Reichtum" anstreben, die „Schatzkiste" bevorzugen oder die „sechs Harmonien" anstreben, entscheiden Sie selbst.

* von 0,1 cm bis 1,3 cm: Reichtum kommt

* von 1,3 cm bis 2,7 cm: Schatzkiste

* von 2,7 cm bis 4,1 cm: sechs Harmonien

Maße des guten Gelingens: 16,12 cm bis 22,8 cm

Im Bereich des „guten Gelingens" wählen Sie zwischen den Untermaßen: „Profitables Einkommen", „Talentierte Nachkommen", „Viel Glück und Wohlstand" und dem Maß „Lebensmittelreichtum". Je nachdem, was Sie zu erreichen wünschen, umgeben Sie sich mit den entsprechenden Maßen.

* von 17,5 cm bis 18,8 cm: profitables Einkommen

* von 18,8 cm bis 20,1 cm: talentierte Nachkommen

* von 20,1 cm bis 21,48 cm: viel Glück und Wohlstand

* von 21,5 cm bis 22,8 cm: Lebensmittelreichtum

Maße der beruflichen Kraft: 22,8 cm bis 26,85 cm

Wenn Sie die Maße der Kraft wünschen, so wählen sie zwischen den Untermaßen: „Nebeneinkommen und Lotterieglück", „Verbessertes Einkommen", „Wohlstand, Macht und große Ehre".

* von 22,8 cm bis 24,2 cm: Nebeneinkommen, Lotterieglück
* von 24,2 cm bis 25,5 cm: verbessertes Einkommen

* von 25,5 cm bis 26,8 cm: Wohlstand, Macht und große Ehre

Maße des Kapitals: 37,60 cm bis 42,96 cm

Entscheiden Sie selbst, welches der Untermaße für Sie wichtig ist: „Reichtum kommt", „Berufliche Beförderung, hohes Einkommen", „Viel Schmuck und Reichtum", „Alles wird zu Gold".

* von 37,6 cm bis 38,9 cm: Reichtum kommt

* von 39,1 cm bis 40,3 cm: berufliche Beförderung, hohes Einkommen

* von 40,3 bis 41,7 cm: viel Schmuck und Reichtum

* von 41,7 cm bis 42,8 cm: alles wird zu Gold

Vermeiden Sie folgende Maße:

Krankheit: 5,38 cm bis 10,74 cm

Trennung: 10,75 cm bis 16,11 cm

Verlust: 26,86 cm bis 32,22 cm

Verletzung: 32,23 cm bis 37,59 cm

Von jedem Maß, das größer ist als 43 cm, ziehen Sie so lange diese Zahl ab, bis Sie eine kleinste Einheit haben. Zum Beispiel haben Sie eine Schreibtischlänge von 92 cm, dann ziehen Sie so oft, nämlich zweimal 43 cm ab, bis Sie einen Rest von 6 cm übrig behalten. Die Bedeutung lesen Sie dann unter der Spalte von 5,38 cm bis 10,74 cm ab. Das Ergebnis wäre „Krankheit", das Maß, das die Energie Ihrer Arbeitsleistung senken würde.

Erfolgreiche Unternehmen sind in der Mehrzahl von günstigen Maßen umgeben, ob es sich um das lichte Maß ihrer Eingangstüren, die Schreibtischmaße, die der Regale oder die der Aktenkoffer handelt.

Die Symbole der
acht Himmelsrichtungen

Der Norden: **Das Wasser**

Der Nordosten: **Der Berg**

Der Osten: **Der Donner**

Der Südosten: **Der Wind**

Der Süden: **Das Feuer**

Der Südwesten: **Die Erde**

Der Westen: **Der See**

Der Nordwesten: **Der Himmel**

Die menschlichen Gesetze haben ihren Ur-
sprung im göttlichen Gesetz, das allumfas-
send und einheitlich ist und alles nach sei-
nem Willen durchdringt, um menschlichem
Streben zu dienen. Es ist mächtiger als alle
menschlichen Gesetze.

Herakleitos

Was beherrscht das Leben von Menschen auf dieser
Erde? Sind es nicht die gegensätzlichen Kräfte, die fun-
damentalen, universellen Prinzipien, die auf den Haupt-
faktoren Licht und Dunkelheit, Plus und Minus beruhen? Anders ausgedrückt, gibt es nicht zwei polare Kräfte, die voneinander abhängig sich gegenseitig ergän-
zende Wirkprinzipien sind? Ergeben sich nicht einerseits Darstellungsmöglichkeiten der Wirkkräfte, die in
Symbolen ausgedrückt auch die Basis für kraftvolle Symbole sein könnten? Tatsächlich sind die universellen
Wirkprinzipien in Symbolform von dem ältesten chinesischen Helden - Fu Hi - im Jahr 3322 v.Chr. eingeführt worden.
Fu Hi war der Schöpfer des Systems der innerweltlichen
Ordnung und befaßte sich mit den universellen Prinzipien des Lebens. Fu Hi schuf ein Symbolsystem aus acht
grundlegenden Kräften, die sich gegenseitig im Gleichgewicht halten und durch vier symmetrische Achsen dargestellt werden. Genauso wie der heute in der Compu-
tersprache gebräuchliche binäre Code, ist der Code in
der Geheimsprache des Feng Shui, der aus einer geteil-
ten und einer ungeteilten Linie besteht, ein Informationsträger. Um diesen Informationsträger zu verstehen,

sollte man sich die Bedeutung der Linien genauer an-
schauen und ihre polare Wirkweise besser verstehen:
Alle Kräfte befinden sich im polaren Gegensatz. Das
höchste Prinzip, die schöpferische Kraft des Universums,
wird mit der Kraft des „Himmels" bezeichnet. Ihm ge-
gen-über stehen die weltlichen Belange, und dem Feuer, Yang, steht das Wasser, Yin, im Norden gegenüber,
Licht und Wärme steigen auf und die Kälte und das Dunkel des Wassers sinken herab.

Konfuzius sagt dazu:
„Wasser und Feuer ergänzen einander, Donner und Wind
stören einander nicht, Berg und Seen stehen in Kraft-
wirkung miteinander: Nur so ist Umgestaltung und Veränderung möglich und können alle Dinge vollendet werden. So wie der Berg Festigkeit symbolisiert und das
Wasser ihn umspühlt und eine Einheit mit ihm bildet, so
ermöglicht erst das Feuer, die wärmende Sonne, das Leben auf der Erde. Diese ist es, die den leiblichen Körper
nährt. Sie ist schöpferisch und empfangend."
Der Berg verkörpert Festigkeit und der Bergsee ist die
Grundlage allen Lebens. Mit den Symbolen des „Himmels" werden spontane, vitale Energien wachgerufen.
Mit dem Symbol der „Erde" werden Ruhe und Emp-
fängnis, mit dem „Wasser" rezeptive Tiefe angezogen.
Diese Erscheinungen sind in den nachfolgenden Symbolen der acht Himmelsrichtungen enthalten und können ihre Kraft auf Ihrem Briefpapier, als Intarsienarbeit
oder beispielsweise als Aufdruck auf Ihrem T-Shirt entfalten. Wo auch immer sie sich befinden, sie werden In-
formationen mit sich tragen und ihre Wirkung wird nicht
auf sich warten lassen.

Wählen Sie sich aus den nachfolgenden Trigrammzeichen diejenigen aus, die Sie für sich verwenden wollen, ob auf Mappen, Talisman, Schmuck, Kleidung oder gar als Hausschutz. Manche wählen die Trigramme auch, wie schon erwähnt, für ihr Briefpapier. Möchten Sie das Heitere auf Ihrem Briefbogen einladen, so verwenden Sie das Trigramm Tui. Möchten Sie hingegen Licht und Wärme in Ihr Leben lassen, so greifen Sie zu Li.

Der Norden: Kan - Das Wasser

Bedeutung: Karriere,
akademische Laufbahn,
Lebensenergie,
Fortpflanzungsenergie,
Überlebensstrategien werden entwickelt,
das Zeitmanagement wird gefördert,
klare Orientiertheit wird möglich,
neue Wege werden eröffnet.

Wer nichts wagt, der nichts gewinnt!
Es geht nicht um Siegen oder Verlieren, sondern darum, sich in den Lauf des Wandels einzubringen. Ein entwickelter Mensch ist wie das Tao selbst, weiß, wo er steht und ist hoffnungsvoll, frei von Ängsten und zukunftsorientiert.

Der Nordosten: Ken - Der Berg

Bedeutung: Wissen und Weisheit,
Glück kommt,
Spiritualität,
Selbstreflexion,
Stillehalten,
Bereitschaft der Wahrnehmung
der inneren Signale,
Anregung zur Besinnung auf
das Wesentliche.

Lassen Sie Hektik und Streß hinter sich und halten Sie
stille in Ihrer Betrachtung der Welt, dann wird sich das
innere Gleichgewicht leicht einstellen.

Der Osten: Chen - Der Donner

Bedeutung: Familie und Ursprung,
Motivation,
Dynamik,
Wachstumspotential,
Regeneration,
Fähigkeit, im richtigen
Augenblick Kompetenzen
zu übernehmen,
zielgerichtete Handlung,
Autorität.

Sind Ihre Motive und Absichten im Einklang mit den universellen Gesetzmäßigkeiten? Dann ist jetzt die richtige Zeit, um zu handeln.

Der Südosten: Sun - Der Wind

Bedeutung: Wohlstand,
Segen,
finanzielles Glück im Umgang
mit materiellen Werten,
innerer Reichtum,
Kraft,
Selbstbewußtsein,
spiritueller Überfluß.

Sind Sie sich darüber im klaren, in welchem Verhältnis Sie zu Ihren Eltern, der Familie und Ihren Vorgesetzten stehen? Hören Sie auf die Botschaften, die Sie durch andere empfangen, und seien Sie bereit, von dem zu geben, was Sie haben. Stärken Sie mit diesem Symbol Ihre geistige Kraft, Ihre Fähigkeit und Ihre Gabe, auf Ihr Innerstes zu hören.

Der Süden: Li - Das Feuer

Bedeutung: Ruhm und Anerkennung,
               innere Klarheit,
               Ausstrahlung,
               Erleuchtung,
               Sensibilität,
               Selbstbewußtheit.

Wählen Sie geschickt Ihr kreatives Potential und mischen Sie es mit Selbstdisziplin und Lebensenergie, um Ihr natürliches Charisma zu fördern.

Der Südwesten: Kun - Die Erde

Bedeutung: Ehe und Partnerschaft,
              Empfangen und Aufnehmen,
              Kultivierung,
              Nährung,
              Anpassung,
              bedingungslose Akzeptanz,
              mütterliche Fürsorge.

Wer imstande ist, bedingungslos zu geben und zu akzeptieren, wird segensreichen Partnern in seinem Leben begegnen.

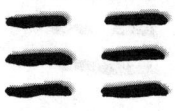

Der Westen: Tui - Der See

Bedeutung: Kreativität,
              Kinder,
              Früchte der Arbeit genießen,
              Inspiration,
              Pause vom Alltag,
              gegenwärtiges Glück,
              zukünftige Projekte.

Finden Sie heraus, ob Sie tief atmen, wann Sie das letz-
te mal Urlaub gemacht haben und wann Sie kreativ sein
durften. Wer oder was hat Sie eventuell daran gehindert?
Mit diesem Symbol nähern Sie sich der Lösung anste-
hender Aufgaben mit spielerischer Leichtigkeit.

Der Nordwesten: Chien - Der Himmel

Bedeutung: Freunde und Helfer,
                    Geschäftspartner und Mentoren,
                    weiser, alter Mann,
                    Unterstützung,
                    Fähigkeit der Zusammenarbeit,
                    Führerschaft,
                    pures, kosmisches Chi,
                    Frieden und Dankbarkeit,
                    Konzentration und Aufmerksamkeit,
                    Ehrlichkeit,
                    altruistische Hilfe.

Nähren Sie Ihre ureigene Kreativität, indem Sie sich mit Gesängen, Gebeten oder Mantras (heiligen Tönen) auf die Energie von „Chien" einstellen. Das Symbol wird Ihnen helfen, klare Entscheidungen zu treffen.

Geheimsymbolik
der Pflanzen

An der Decke der Kirche von St. Michael in Bamberg findet sich ein einzigartiges Kunstwerk: 578 Pflanzen wuchern im schönen gotischen Gewölbe und verwandeln es in einen blühenden Himmelsgarten. Der Abt des Klosters Michelsberg gab den Auftrag zu dieser Malerei.

Hierzulande ebenso wie in China, Indien, Malaysia und überall dort, wo Chinesen leben und Feng Shui praktizieren, spielt die Symbolkraft der Pflanzen eine besondere Rolle. Pflanzen werden aber nicht nur im Garten eingesetzt, sondern genauso in Schnitzereien für Gebrauchs- und Tempelgegenstände wie für Malereien an Decken und Mosaikarbeiten auf Böden. Selbst auf bescheiden anmutenden Brillenbehältnissen oder auf Briefpapier wird die Symbolsprache der Pflanzen bewußt gesprochen. Lassen Sie sich inspirieren von den nachfolgenden Gedanken.

Azalee	Weiblichkeit
Akazie	Stabilität
Bambus	langes Leben, Zähigkeit, Jugend
Birne	Langlebigkeit
Chrysantheme	Entschlußkraft
Flieder	Streit, Wohlgeruch
Forsythie	Lebenskraft
Gardenie	Stärke
Geißbart	Ehe
Goldröschen	Individualismus
Hibiskus	Fülle
Hortensie	Errungenschaften

Jasmin	Freundschaft
Johanniskraut	Fülle
Kamelie	Langlebigkeit
Kürbis	gut gegen üble Gedanken
Lilie	Fülle
Lotusblüte	Empfänglichkeit, Fruchtbarkeit
Magnolie	Wohlgeruch, Schönheit
Narzisse	Verjüngung, bringt Glück ins Haus
Oleander	Schönheit, Empfänglichkeit, Fruchtbarkeit
Orangenbäumchen	gute Absichten, mit ihnen wünscht man Glück
Orchidee	Liebe, Schönheit
Pegonie	Königin aller Blumen! Mit ihr wünscht man Freude und Liebe
Reispflanze	Glück, Gerechtigkeit, gute Gesinnung
Rosenbäumchen	Duft der Liebe

Haselnuß

Baum der Weisheit und Inspiration. Ein Kreis von Sträuchern des Haselnuß- strauches bildet ein „eingehaseltes Feld" (Schutzfeld). Die Blüte symbolisiert Schönheit und die Frucht Weisheit. Da beides an einem Strauch wächst, be- kam die Haselnuß den Ruf der Voll-

kommenheit. Sie gibt Schutz vor allem Bösen, vor Schlan- gen, Blitz und Feuer. Der Haselnußzweig genießt als Wün- schelrute wie als Glücksbringer und Fruchtbarkeitssym- bol einen guten Ruf.

Symbolik: Lebens- und Liebesfruchtbar- keit. Unsterblichkeit. Frühling und glück- hafter Beginn. Wunscherfüllung und Glück. Schutz vor Behexung, vor Blitz und Schlan- gen. Schönheit (Blüten), Weisheit (Frucht).

Weintraube

Inspiration und Reichtum.
Wichtige Geschäfte werden seit jeher mit einem Glas Wein besiegelt, und das gemeinsame Trinken aus einem Glas galt als Verlöbnis- oder Hochzeits- symbol.

Symbolik: Götterblut. Wiederauferstehung.
Leben. Heilige Schrift. Freundschaft.

Efeu

Klammert sich an, kann nicht allein sein;
sich verstecken, Schutz suchen, sich
zurückziehen. Hat Efeu erst einmal einen Standort eingenommen, so verläßt
er diesen nicht mehr wieder. Jedenfalls
nicht freiwillig. Efeu möchte alles unter
Kontrolle bekommen, ist anhänglich bis
anklammernd. Deshalb ist er auch ein Symbol der Treue.
Die weiblichen Eigenschaften des Efeus sind Anleh-
nungsbedürfnis und Freundestreue. Bei der Eheschließung
werden auch Sträußchen mit Efeu gebunden. In Grie-
chenland werden dem Brautpaar gar Efeuranken vom
Pfarrer überreicht. Mit dem Efeu, der immergrün ist,
werden auch Gedanken der Unsterblichkeit verbunden.

Symbolik: Freundschaft. Eheliche Treue.
Weibliche Anerkennung. Anklammernde
Abhängigkeit und Anhänglichkeit. Tod und
Unsterblichkeit. Ruhm.

Schilf

Alle Vögel sind mit dem Schilf verbunden. Das Schilf bewahrt vor schlech-
ten Einflüssen von außen und ist gut
als Schilfdach auf der Westseite des Hauses geeignet. Schilf wirkt beschützend.
Das leise sich Hin-und-her-Bewegen des
Schilfes im Wind wirkt wie das Flü-

stern tausender kleiner Stimmen, weshalb dem Schilf
auch die Geschwätzigkeit zugeordnet ist. Die hohlen,
leicht zu knickenden Halme machen es zum Symbol für
Schwäche und Wankelmut.

Symbolik: Wankelmut. Schwäche. Barm-
herzigkeit. Heimliche Geschwätzigkeit.

Holunder

Der magische Hexenbaum sollte nur für
die Rückseite des Hauses verwandt werden. Zweige müssen vor dem Abschnei-
den befragt werden und sollten nicht in
das Haus gebracht werden, da sie Un-
glück bringen. Noch lange Zeit war es in

Norddeutschland Sitte, daß der Schreiner einen frischen Holunderzweig schnitt, um damit das Maß der Verstorbenen für den Sarg zu nehmen. Auch der Fahrer des Leichenwagens hatte statt einer Peitsche einen Hollerstecken in der Hand.

Symbolik: Schutz für Haus und Familie. Tod und Jenseitswelt. Hexen und Teufel. Scheinheiligkeit.

Eberesche

Die Eberesche oder Vogelbeere ist ein guter Schutz für den Hauseingang. Sie schützt vor schwarzer Magie und Hexenzauber. Rote Bänder oder Fäden um den Stamm gewickelt verstärken diese Wirkung. Er ist ein mutiger, bescheidener und lebenskräftiger Baum,  weshalb er zum Symbol der Gesundheit, Kraft und Lebensfreude wurde. Menschen, die den Ebereschenbaum ganz besonders mögen, ziehen das Glück an. Es sind Menschen, die gern geben und denen es nichts ausmacht, sich von materiellen Gütern zu trennen. Großzügigkeit bestimmt ihr Leben. Andererseits kann ein gutes Feng Shui erreicht werden, wenn ein Mensch, dem diese Eigenschaften fehlen, sich dem Ebereschenbaum widmet.

Das kann per Bild, in der Natur bei einem Baum oder mit Ebereschenholz sein.

Symbolik: Fruchtbarkeit. Kindersegen. Gesundheit und Freude. Zähigkeit. Durchsetzungsvermögen. Kraftübertragung. Schönheit.

Esche

Die Esche ist ein kosmischer Baum. Im Zentrum eines Ortes ist er sehr gut zu positionieren, da er dem Zentrum Kraft und Stabilität vermittelt. Er ist ein „Feenbaum", da sich diese Wesenheiten gern bei ihm niederlassen. Sollte dieser Baum mit der Eiche und dem Weißdorn zusammengewachsen sein, dann bilden diese in der Gesamtheit einen speziellen Kraftplatz. Es verbietet sich von selbst, hier gewaltsam Äste zu entfernen. Die Esche wird rein männlich gesehen. Steht sie mit einem Weinstock zusammen, der sich an ihr hochrankt, so ist das ein Zeichen von glücklicher Ehe und ihrer Freuden.

Symbolik: Weltenbaum. Gesamtheit des Menschenlebens. Symbolisiert den ersten Mann, gleich dem Adam der Juden. Kraftvolle Festigkeit. Waffe der Lebenskraft. Rettung. Eheliche Freuden.

Erle

Sie ist der Baum, der am Wasser stehen sollte. Denn er sucht sich von sich
aus auch gern das Wasser. Die Erle gibt
ein gutes Holz für Fundamente. Einige, wenn nicht sogar viele Gebäude in
Rotterdam stehen auf Erlenfundamen-
ten. Selbst zum Färben von Klei-
dungsstücken kann man die Blätter der Erle benutzen.

In der keltischen Mythologie ist die Erle der Baum, der
das Sonnenjahr repräsentiert. Die Erle symbolisiert mit
ihrem roten Holz das Feuer, das Wasser durch die grü-
nen Blätter und die Erde durch die braune Borke.

Früher wurden junge Erlenzweige als Schutz gegen Hexerei und so manche anderen Unbilden, auch Krankheiten, im Stall und über dem Hauseingang aufgehängt. Legen Sie doch einmal in ihre Schuhe ein paar Erlenblät-
ter, wenn sie müde Beine und Füße haben sollten. Schwel-
lungen gehen in der Regel zurück, und Sie fühlen sich
wieder frisch und belebt.

Symbolik: Das Unheimliche. Das Weib.

Weide

Die Weide steht für Nachgiebigkeit, Yin
und langes Leben. Sie sucht das Wasser
und sollte gerade deshalb auch wasser-
nah gepflanzt werden.

Die Weide wirkt nicht direkt spirituell,
dennoch gibt sie uns durch ihre biegsa-
me Art und durch ihre Flexibilität einige gute Eigenschaften in dieser Richtung mit auf den Weg. Die Weide eignet sich besonders gut als Rute zum Auffinden von
Wasseradern.

Es gibt bis zu 500 Arten der Weide, davon allein 150 ver-
schiedene in China.

Weiden wurzeln am himmlischen, lebenszeugenden Was-
ser und waren damit Vorbild für das jenseitige Leben.
Weiden galten als unfruchtbar und daher als ideale
Keuschheitssymbole.

In den buddhistischen Frühlingsritualen versprengten die
Mönche mit Weidenzweigen Wasser als Reinigungsze-
remonie und Regenzauber. In der chinesischen Mittsommer-
nacht (die fünfte Nacht im fünften Monat des Mondkalen-
ders) wurde ein Büschel Weidenzweige über die Haustür
gehängt, um Böses abzuwehren. Die Chinesen lieben die
gelbe Weide - Salix babylonica - wegen ihrer erotischen
Bedeutung. Sie steht für Schönheit, Sanftmut, Anmut
und moralische Schwäche. Schenkt man gelbe Weiden

mit jungen Blättern und abgefallenen Kätzchen, so ist dies in China und Japan ein Symbol für die verlorene Unschuld.

Symbolik: Frühlingsahnen. Gefahr. Tod. Keuschheit. Ausdauer. Regenzauber. Moralische Schwäche. Konkubinen.

Weißdorn

Der Weißdorn ist einzeln stehend heilig. In der Gruppe birgt er Schutz vor Raubtieren. Aus seinem Holz können aber auch Krummstäbe gefertigt werden, die der Gesundheit dienen und Astralwesen unliebsamer Art fernhalten können. Aus Weißdorn wird nicht

nur eine Arznei für das Herz hergestellt, sondern aus den Blüten und dem Holz auch Räucherwerk.

Symbolik: Weißdorn ist ein starkes „Zaubermittel". Geht man durch einen Bogen von Weißdorn, so sollen die Krankheiten an ihm hängen bleiben.

Eiche

Die Eiche ist ein heiliger Baum. Sie steht in Verbindung mit allen Himmelsgöttern. Eichen sind starke und langlebige Bäume. Nicht selten werden sie 900 Jahre alt! Nicht nur in China, schon bei den keltischen Priestern, den Druiden, fanden sie Verwendung.

In allen Völkern ist die Eiche Sinnbild für Dauerhaftigkeit, Zähigkeit und kraftvolle Männlichkeit. Sie strahlt Würde aus und paßt zu Gerichtsplätzen und Regierungsgebäuden. Ein Kranz aus Eichenlaub kam höchsten Würden gleich, ob als Kopfkranz bei den Olympiaden oder dem hoch verdienten alten Mann.

Ob Schiffe, Windmühlen oder Häuser, das Eichenholz eignet sich für widerstandsfähige, starke und standhafte Bauten.

Menschen, denen durch Feng Shui geholfen werden soll, Verantwortung zu tragen, verläßlich und pünktlich zu sein und dabei Ausdauer und Standfestigkeit zu erlernen, wird empfohlen, über den Eichenbaum zu meditieren, ihn in der Natur aufzusuchen, ein Bild von ihm aufzuhängen oder einen Gegenstand aus seinem Holz zu Hause zu haben und darüber Bewußtheit zu üben.

 Symbolik: Sieg. Ruhm. Kraft. Stolz. Königstreue. Heldentum. Männlichkeit. Dauerhaftigkeit. Unsterblichkeit. Fruchtbarkeit. Konservatives Denken.

Stechpalme

Die Stechpalme, Ilex, steht für Ausdauer und Härte. Im Krieg wurden aus ihrem Holz Keulen gefertigt. In der Hand des Kriegers wurden dann diese Eigenschaften zu seinen eigenen.
Die Stechpalme galt als heiliger Baum.
Ihre kräftig roten Beeren wirken in der trostlosen Zeit des Winters lebensbejahend und gelten als glückbringendes Symbol. Ob bei den Kelten, Sachsen, Chinesen oder Japanern – immer sollte der Ilex in der Winterzeit Böses vom Haus abhalten, das Haus vor Verwünschungen, Zauber und Blitzen schützen.
Die Stechpalme sollte nicht im Innenbereich eingesetzt werden, da ihre Blätter durch ihre spitze Form Sha, die Harmonie im Innenbereich, stören würden.

 Symbolik: Glück. Schutz vor allem Bösen. Weise Fürsorge. Ewiges Leben. Weihnachten. Kampfesmut.

Eibe

Die Eibe ist der „Totenbaum". Mit ihren giftigen Eigenschaften gehört sie in das Reich der Toten - auf Friedhöfe -, nicht aber unter die Lebenden, sagen die Chinesen. Den Toten wurden früher Eibenzweige mit in das Grab gelegt, ein Symbol des Todes und der Wiederauferstehung. Aber auch aus Eibenholz gewonnenes Räucherwerk und Zauberstäbe sind bekannt.

Die Eibe gilt als Transformator zwischen der diesseitigen und der jenseitigen Welt. Wer seine innere Mitte und Ruhe sucht, der setze sich unter die Eibe. Sie vermittelt Kühle und Dunkelheit. Dadurch führt sie in die dunklen Aspekte des Seins und hilft diese zu ergründen und zu wandeln.

 Symbolik: Unsterblichkeit. Wehrhaftigkeit. Tod. Schutz vor Zauber.

Die Geheimsymbolik der vier Tiere

Der Drache

Der Phönix

Die Schildkröte

Der Tiger

Der Drache

Bei allen Völkern ist der Drache ein verbreitetes Symbol. Einerseits ist er ein Zeichen unbändiger Kraft und Ausdauer, andererseits ist er eine Art Fabelwesen, welches sich zu Luft, zu Wasser und zu Lande bewegen kann. Er hat fünf Erscheinungsformen: als Luftdrache, Erddrache, Wasserdrache, Bergdrache und Feuerdrache. Der Drache ist beispielsweise in Bergformationen zu finden. Diese Berge sind erhaben, haben deutliche Aderstrukturen, in denen das Gebirgswasser ins Tal rinnt, einen deutlich erkennbaren Kopf und einen Schwanz im Ausläuferbereich. Drachenstrukturen findet man auch in Form gewundener Wasserwege und Oberflächenwasserformen. Bewegt sich Wasser deutlich gewunden wie eine Schlange von rechts nach links und umgekehrt, dann handelt es sich sicherlich um einen guten Wasserdrachen. Erst recht, wenn das Wasser sich bergauf und bergab windet. Wohnen Sie an einem Flußlauf, der diese Form hat, so sollten Sie, unter Beachtung des Mindestabstandes von fünfzig Metern zum Wasser, Ihre Tür zum Wasser hin öffnen und die glückbringende Wasserdrachenenergie einlassen. Haben Sie kein Wasser in der Nähe, dann ist es besser, sich selbst einen Wasserdrachen anzulegen. Die einfachste Formel ist: Befindet sich Ihr Eingang im Osten, Süden, Norden oder Westen, dann legen Sie um Ihr Haus eine Art Wasserdrachenring (ein Bachlauf um das Gebäude, der über Stock und Stein fließt) an, der von rechts nach links fließt. Um diese Richtung zu bestimmen, stellen Sie sich mit dem Gesicht zum Haus. Rechts und links sind so klar auszumachen. Befindet sich Ihr Eingang im Südwesten, Nordosten, Nordwesten oder in südöstlicher Richtung, dann sollte Ihr Wasserdrache von links nach rechts um Ihr Haus fließen.

Chinesen beobachten aber auch die Formationen des Erddrachen, bevor sie bauen. Sie können seinen Charakter in der Form der Erdstrukturen wahrnehmen. Rutengänger kennen sich schon sehr gut mit diesem Thema aus. Feng Shui hat dazu noch einige Anmerkungen, wie Sie den Erddrachen erkennen können. Wenn Sie nicht gerade in der Wüste wohnen, wo Sie die Formen sehr gut beobachten können, und auch nicht gerade an der Küste, können Sie den Erddrachen in der Umgebung an der Form kleinster Erdhügelerhebungen erkennen.

Ob als Talisman, rechts von Ihrem Eingang oder auf Ihrem T-Shirt - wo auch immer der Drache vorkommt, werden Power-Yang-Kräfte geweckt. Der Drache hilft sich durchzusetzen und vermittelt Glück in beruflicher Hinsicht. Menschen werden Ihnen hilfreich zur Seite stehen, wenn Sie den Drachen als Bild oder Skulptur, rechts, innen oder außen vom Eingang positionieren.

Der Phönix

Der Phönix ist nicht nur bei den Chinesen ein Begriff. Er war es auch bei den Ägyptern. Im Feng Shui ist das der Bereich eines Ortes, eines Hauses oder einer Wohnung, der frei und offen ist. Das ist der Bereich, wo der Phönixvogel landen könnte - ein open space. Die Energie, das Chi, die lebensspendende Kraft tritt von hier aus in ein Gebäude oder eine Wohnung ein. Deshalb ist es ratsam, schon in der Bauphase darauf zu achten, daß dieser freie und offene Bereich vor Eingängen, der Phönixbereich, geschaffen wird. Im Feng Shui wird der Begriff des Phönix

auch mit der Farbe Rot assoziiert, weil der Sagenvogel auch für den Mittag, die Hitze und vor allem als der vom Himmel Gekommene steht. Deshalb setzen ihn viele Feng Shui-Praktiker mit dem Element Feuer gleich. Tatsächlich hat er auch eine sehr starke Yang-Persönlichkeit.

Setzen Sie den Phönix als Freiheitssymbol oder Symbol der Sonne, des Sommers, des Glücks, der Anerkennung und des Ruhmes ein. Er weckt die Gefühle von Freude und Zuversicht.

Die Schildkröte

Die Schildkröte ist ein sehr langsames, aber ausdauerndes und langlebiges Tier. Darüber hinaus hat sie einen starken Panzer, der sie beschützt. Ihr Wesen ist nach innen gekehrt und sie gehört deshalb zum Yin, dem weiblichen, dunklen, nach innen gerichteten Prinzip. Der Panzer ist gewölbt und dunkel. Beim Menschen ist der Schutz insbesondere im Mutterleib noch gegeben. Später bleibt das Schutzbedürfnis weiter erhalten. Der Mensch sucht durch Wände und hohe Lehnen Schutz, oder wie die Chinesen sagen, durch die Schildkröte. Die Beobachtungsschule des Feng Shui sieht sehr deutlich Äquivalenzen und wendet diese auch für den Hausbau und die Inneneinrichtung an. Für den Hausbau bedeutet das, daß ein guter Schutz in Form eines Berges, eines Waldes oder eines höheren Hauses auf der Rückseite des Hauses bestehen sollte. Die Lebenssituation der Bewohner wird dadurch Stabilität und Fundament erhalten. Im Innenbereich sind im Feng Shui geschützte Sitz- und Schlafpositionen notwendig. Der Kopf und der Rücken sind gut an der Schildkröte, respektive an der Wand oder in hochlehnigen Stühlen aufgehoben und fühlen sich so sicher und beschützt.

Der Tiger

Der Tiger ist genauso wie die Schildkröte ein Tier, aus dessen Verhalten und Form die Chinesen Entsprechungen zum menschlichen Verhalten und deshalb auch zu seinen Behausungen und deren Interieur herstellten. Symbolisiert der Tiger nicht geradezu die Sanftheit, die Ruhe, die Kraft, das weibliche Prinzip und Geschmeidigkeit? Das Biegsame, Weiche und doch so Machtvolle? Im Feng Shui ist er im Menschen wie im Haus mit der linken Seite assoziiert. Stellen Sie sich wieder mit dem Gesicht vor das Haus und die linke Seite, die sich so ergibt, ist die Tigerseite. Schauen Sie sich diese Seite

an! Ist sie mit niedrigen Büschen, weichen Pflanzen und
Bänken ausgestattet? Dann ähnelt sie dem Charakter
des Tigers. Schauen Sie in den Innenbereich und sehen
Sie sich dort die linke Seite Ihrer Wohnung und jedes
Zimmers an. Ist dort ein Bereich der Ruhe und der Sanft-
heit? Ist das Licht angenehm und sind die Stoffe weich?
Dann haben Sie die Tigerseite des Wohnens und damit
den Ruheaspekt gefördert.

Schlußwort

Ich danke für die Fügung, die mich dieses Buch schreiben ließ und danke allen, die mir halfen, es zu verwirklichen. Gottes Segen und Schutz sei über allen Menschen und die Liebe mit ihnen.

Olivia Moogk

Literaturverzeichnis

„Chinese Symbolism and Art Motifs" von C.A.S. Williams, erschienen im Verlag Charles E. Tuttle Company, Japan, 1974.

„Handbuch der angewandten Geomantie" von Nigel Pennick, erschienen im Verlag Neue Erde, Saarbrücken, 1985.

„The Secret Language of Symbols" von David Fontana, erschienen im Pavillon Verlag, London, 1993.

„Die innere Struktur des I Ging" von Lama Anagarika Govinda, erschienen im Verlag Aurum, Braunschweig, 1993.

„Feng Shui for today" von Kwan Lau, erschienen im Pelanduk Publications, Malaysia, 1996.

Olivia Moogk

Beauty Feng Shui
Die acht Säulen der Schönheit

ISBN 3-931652-70-X · 136 Seiten
vierfarbig · gebunden · DM 49,90

Lassen Sie sich von der Feng Shui-Expertin Olivia Moogk
in das Reich der Farbsinne, Inneneinrichtung, Ernährung und
Bewegung einladen, und vertrauen Sie ihrer Kompetenz, die
sie sich in China erworben hat. Schönheit wurde noch nie so
ganzheitlich aufgefasst und beschrieben, wie es dieses Buch
tut. Folgen Sie auf Schritt und Tritt den acht Säulen der Schönheit, und seien Sie sich gewiss, dass Ihre Stärke, Ausstrahlung und Anziehungskraft steigen werden.

ISBN 3-931 652-65-3
gebunden, ca. 176 Seiten
mit ca. 180 Abbildungen
DM 29,80

Marcus Schmieke
Haus, Mensch und Kosmos
Wie Vastu unsere Zukunft beeinflußt

Dieses Buch vermittelt mit mehr als 180 Zeichnungen und kurzen Texten die Geheimnisse des Vastu, nach denen in Indien seit Jahrtausenden Häuser, Tempel und Städte gebaut werden. Die Erfahrung Hunderter Generationen vedischer Baumeister beweist, daß die Zukunft des Menschen im persönlichen und gesundheitlichen als auch im geschäftlichen Bereich von der Gestaltung seines Wohnraums beeinflußt wird. Auch Sie können das Wissen des Vastu anwenden und seine tiefgehende Wirkung erfahren.

ISBN 3-931 652-64-5
128 Seiten · gebunden
mit zahlr. Abbildungen
DM 26,80

Marcus Schmieke
Das Yoga des Wohnens
Wohnen und Bauen nach den Gesetzen des Vastu

„Das Yoga des Wohnens" bietet einem Leserkreis, der durch bewußtes Leben sowohl das Heilsein der eigenen Person als auch das der Natur fördern möchte, ein effektives, ganzheitliches Architekturkonzept.

Vergleichbar Feng Shui, eröffnet es dem Menschen des abendländischen Kulturkreises die Möglichkeit, durch die Anwendung bestimmter Prinzipien bei der Gestaltung seines Wohn- und Arbeitsbereiches gezielt und kreativ die Lebensqualität im Alltag zu steigern.

Carmen Schüle

Handlesen leicht gemacht

Der schnelle Charakterspiegel

ISBN 3-931 652-46-7
ca. 200 Seiten · vier-farbig
gebunden · DM 33,00

Mit diesem Buch haben Sie die Möglichkeit in die Hohekunst des Handlesens einzusteigen. So kann die Hand Veranlagungen und Begabungen preisgeben. Das Handlesen führt zu vertiefter Selbsterkenntnis und hilft auch das Wesen anderer Menschen besser zu ergründen. In Abbildungen werden alle wesentlichen Handmerkmale erklärt.

Kurt Tepperwein

Ewige Weisheiten

Nutzen Sie Ihre kreativen Gedanken

ISBN 3-931 652-50-5
196 Seiten · broschiert
DM 26,80

Dieses Buch ist eine Hilfe, die Wahrheit in sich zu finden; die ewige Weisheit, die die kosmische Ordnung sowie die „Geistigen Gesetze" erkennen läßt. Es ist ein Angebot des Lebens, eine Chance sich selbst zu erinnern. Es birgt eine ganz persönliche Botschaft, sich, das Leben, und den Sinn des eigenen Lebens zu erkennen. Es zeigt das Ziel allen Seins und die Wahrheit, die in allem liegt auf und hilft jedem Menschen endlich der zu werden, der er in Wirklichkeit ist und immer war.